Fabiana Comparato

BUQUÊ DE UNHAS E DENTES

EDITORA

a nós*otros*

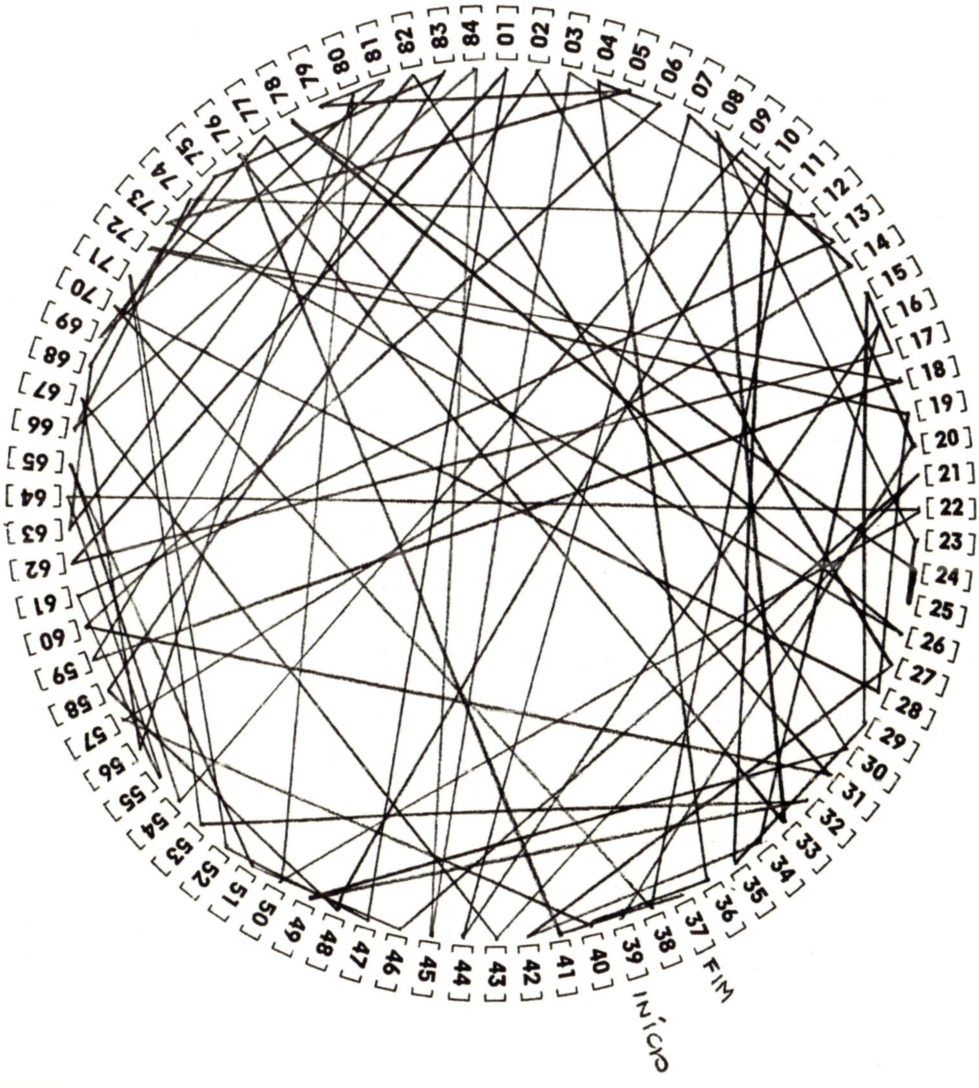
[01] [02] [03] [04] [05] [06] [07] [08] [09] [10] [11] [12] [13] [14] [15] [16] [17] [18] [19] [20] [21] [22] [23] [24] [25] [26] [27] [28] [29] [30] [31] [32] [33] [34] [35] [36] [37] [38] [39] [40] [41] [42] [43] [44] [45] [46] [47] [48] [49] [50] [51] [52] [53] [54] [55] [56] [57] [58] [59] [60] [61] [62] [63] [64] [65] [66] [67] [68] [69] [70] [71] [72] [73] [74] [75] [76] [77] [78] [79] [80] [81] [82] [83] [84]
FIM
INÍCIO

Naquele dia

10
9
8
7
6 em vermelho, ela acompanha
5
4 levemente descabelada, carregada de papéis desarrumados
3
2 pensa,
1 que para ela bastam
não mais que 10 segundos corridos
como na travessia de faixas zebradas
para que velhos versos convincentes de amor
recorram
em memória e saliva,
e imagina
como seria se para ele assim também fosse
– atravessa, adiante caminha – ou,
como seria se ela é que não fosse assim, tão assujeitada?
de repente uma buzina grita,
seu pensamento cala.

Quando muito é pouco

No escuro do cinema
eles se roçam,
e no pé do ouvido dela
ele sussurra assim:
você é muito pra mim.
Sobem os créditos.
Fim.

Sobre um homem

> "Um conto noturno com a fulguração de um sonho que,
> quanto mais se quer, mais se perde." S.S.

Toda noite,
perdia um ou perdia dois.
Toda manhã, como de se esperar,
seus dentes inteiros afixados gengiva adentro.
Para Julio,
peregrino obstinado e diligente,
de tantas recorrentes viagens errantes noite adentro,
sabia,
a cada dente caído em sono,
morria um de seus sonhos.
Quando chegou aos quarenta
já não lhe restava quase nenhum.
Desperto e descrente
foi lá e arrancou seus todos dentes.
E dizem que foi assim que nasceu mais um de tantos conhecidos tolos
[de sonhos banguelas que vagam pelo mundo.

No lugar de uma carta,

se um dia tivesse tido coragem
teria escrito à ela
mesmo que em tela
aquilo que de fato pensava:
via nela tudo o que sonhava para si.

Terça-feira, dia 30

Hoje foi dia de aparar as arestas. Cortei as unhas das mãos e dos pés. Descuidei um pouco ao chegar no dedão direito e fui rente demais. Passei de pronto uma pomada antisséptica. Só me faltava agora sofrer de um dedão inflamado, logo no dia em que descobri que até a retórica clássica e seus tropos tem musa. Uma filha da memória. É mesmo de lascar. Imaginei-a rindo da ironia.

Fichamento, aula de sexta-feira, dia 03.

Estudos da língua portuguesa para estrangeiros nativos I
Gramática do tempo.

Capítulo 11 – Verbos podem ser palavras que exprimem processos ou fenômenos.
Alguns atuam como ligação entre sujeitos e seus estados de existência:

ser é
estar, ficar, permanecer, continuar,
parecer –
tornar-se.

Com o que ela sonha?

Dizem que com os cães e cravos do amor,
e com a mulher
que só por teimosia
escapa-lhe pelo umbigo
momentos antes de acordar.

O resto até poderia ser poesia

O que resta da vida de Julio depois da morte de Emilia é comum. Na realidade, nem soubera da morte de Emilia. Nem nunca saberia. Não se falavam mais. As decisões de Emilia e de Julio definiriam o futuro e o não futuro deles, como toda decisão faz com todas as pessoas. Também um dia morreria Julio acreditando que Emilia, assim como outras antes e depois dela, continuavam vivas. Mas Emilia morre primeiro e Julio muito tempo depois, sozinho. Como acontece com muitas pessoas.

O resto também poderia ser poesia

Joana e Julio se esbarraram uma vez na estação. Esbarrão que desencadeou uma sucessão de ações, fazendo Joana tropeçar, derrubar, agachar, pegar, praguejar, se afobar, se atrasar e correr e ofegar e correr e bufar e correr um pouco mais – ocasionando, por fim, no seu atropelamento que, para muitos, foi a morte. Já para Julio não passou de uma trivialidade, rendendo sequer atraso no ponto. Até onde lhe alcançara o pensamento, não interferira em nada na sua ordinária vida cotidiana. Joana morreria, um dia, como todas as pessoas, assim como Julio, que antes ficaria banguela.

O resto é sempre poesia

Um dia Emilia não morreu. Mas sentiu como se tivesse. Ou quisesse. Morreria mesmo de fato, em carne e osso, tempos depois, como todos um dia, ainda que antes de Julio. Nesse mesmo dia, Julio, destituído da capacidade de sonhar o novo, preparou-se para arrancar seus próprios dentes e assim preservar aqueles que ainda lhe habitavam o sono. Esse também foi o dia em que Joana se acidentou brutalmente e sobreviveu para mudar o curso do seu esforço. Nesse mesmo dia uma mulher leu: "o passado é um país estrangeiro; lá fazem-se as coisas de forma diferente", e pensou que o futuro é a língua desse velho país de forasteiros nativos a ser conhecida.

O resto é mais que poesia

Emilia e Joana nunca haviam se encontrado, até que se viram. Até que um dia o destino ou o universo – cada uma a sua maneira – as colocou numa mesma faixa de travessia. Nos prenúncios de um acidente tenebroso, Joana, como num inesperado augúrio passageiro, pressentiu algo de violento. Enquanto Emilia, de súbito, antecedia uma brusca alteração de curso. Ou talvez esse tenha sido o pressentimento que invadiu Joana. E vice-versa. Como numa quase colisão fatal forçando ambos os corpos a inevitáveis desvios de rumo num tipo de evento acidental e predestinado – que tudo muda ou tudo corrige. Certo é, que elas morreriam um dia ainda sob os efeitos deste redirecionamento de rota traçado no choque de seus percursos.

O resto nunca é resto, é outra coisa inteiramente nova,

apesar de uma amiga sempre dizer que é
"literatura: hiperbólicas, parabólicas, circulares,
alegóricas e elípticas."

Um bilhete nunca entregue

Prefiro desta forma
gravado em papel
com tinta, a escrita,
mais bonita assim
assume corpo,
tipo o teu em cima do meu,
vira novidade.
Palavra aqui é imagem.
Now picture this:
me apaixonei por você.

Tentativa dele

Julio busca evidências de como manter seus dentes.

Em *Estratégias milenares para a eliminação de perturbações*, lê:

"Poetas, por exemplo, dão fruto por furto. Começam por ler e estendem-se por evocar orações imperfeitas. Sabem bem, são cardíacas as palavras e dão unha. Não raro começam pelas mais chegadas, talvez as de amor, que de tão íntimas tornam-se amigos secretos, que só quem os inventa os vê. E como visita boa, pouco importa quantas vezes retornem, há de serem sempre recebidos com café fresquinho à mesa posta com a mais fina toalha de rendinha."

Acaba por tomar um café, já passado das seis.
Essa noite Julio não dorme, mas sonha.

Um telegrama recebido é um recado guardado.

"Atualmente", queixou-se o sr. K., "existem muitas pessoas que se gabam de poder escrever grandes livros inteiramente sós, e isso tem uma aprovação geral. O filósofo chinês Chuang-Tzu escreveu, na idade madura, um livro de cem mil palavras, do qual nove décimos eram citações. Entre nós, livros assim não podem mais ser escritos, pois falta espírito." B.B.

Vou além, minha querida Emilia. E espero que receba com entusiasmo quando lhe digo:
as palavras primeiras
se foram.

como porcos selvagens
nos restará vasculhar as dos outros e arquitetar novos abrigos
para essas pobres palavras com tantos pais e tantas mães.

não se preocupe, usurpe com carinho,
apenas as unhas e os cabelos crescem ainda novos mesmo no inanimado leito de nossa morte, quando já nos falta o tal do espírito.

Vai ficar tudo azul.

Da avó que te ama,
L.

I

Ele veio,
e depois se foi.
Nem deu tempo dela[1] anotar
no branco do caderno à tiracolo – um tanto insuportável.
Igual ao dia em que ele quase lhe escapou pelos dedos, quer dizer, escapou,
e depois foi lá
tentar recolhê-lo
pelo fio de lã vermelho
que teceu, e o ofereceu,
mas voltou Teseu.

auto-retrato de um sonho

garganta
nó
garganta
sufoco
garganta
chiclete
garganta
arranco goma de mascar
arranco dente junto sem parar
acordado?
garganta
dor
garganta
cuspo
cuspo forte
nada sai
só garganta dá
tento falar
garganta
limite
grito, não,
e uma voz sussurra, *acorda, vai.*

Quinta-feira, dia 02

Hoje o dia gaguejou e não saí da cama. Não foi a primeira vez – que o dia gaguejou. De pronto atendi às demandas desta estranha *Devoção* – não sair da cama. Assisti a dois episódios de uma série policial nórdica (obsessão particular), ainda por completo na horizontal do leito. Foram duas horas antes de alcançar a posição recostada, de onde, já abandonada qualquer ideia de tração, dediquei-me à boa parte de um livro. "Escrevemos porque não podemos somente viver". Pesquisei *Formas de voltar para casa* deste autoexílio sem propósito preciso. Revisitei mensagens antigas no celular, uma delas não respondida. Senti a princípio muita raiva. O que foi inútil, porque no fundo era desejo. E veio uma piedade enorme do meu corpo. Pensei na poeta – calma, calma, também tudo não é assim sofrimento e abandono. Para aliviar, troquei mensagens com interlocutores dispostos. Marquei um cinema sem data ou sessão definidas. Listei filmes que gostaria de assistir. Do naufrágio do meu semi-leito inclui sete músicas numa playlist pessoal intitulada "dance". Folheando um romance recém-terminado encontrei um pequeno poema perdido, anotado na última página do livro. Possivelmente em parte roubado do autor. Passei-o a limpo no meu caderno à tiracolo:

lembro
de quando o medo era novo
e não existia ainda
amor pelo medo
ou medo pelo amor,
e que saudade sinto
desse tempo
em que simplesmente era
assim

Aproveitei para anotar também outra frase grifada neste mesmo livro. "Alone again (naturally). O que mais me dói é o naturally".

Ela sente-se refém de seus fins

Toda manhã olha-se no espelho. Faz café, toma café, lava a louça. Vai ao banheiro, olha-se outra vez, toma mais café. 39 quase 40, já é o quadragésimo ano que vive. Cozinha para si. É uma loba, dizem algumas. Outras, serpente. Alimenta-se para manter-se viva. Trabalha para ganhar dinheiro. Ganha dinheiro para fazer ginástica. Faz ginástica para manter-se saudável. Lá está ela, sempre na presença da sua persistente imagem própria. Mantém-se saudável para ser feliz. Por que quer ser feliz?

Fichamento, aula de sexta-feira, dia 10.

Estudos da língua portuguesa para estrangeiros nativos I
Exercícios de reforço.

Capítulo 13 – As interjeições podem ser verbos

Ah!,
Credo!.
Atenção!:
– Avante!, Ora bolas!
Coragem!,Caramba!.
Ora essa!

II

Ele[2] pensa,
lê aos poucos,
e constata que talvez haja uma certa dignidade na derrota.
A imagem não tarda
e o invade, sendo ela própria o fio e tal qual o fio
do carretel da criança
– um traço vivo – vaivém incessante
que lhe faz sonhar tranquilo
com pequenos quinhões de vitória,
ou quem sabe ainda
com estrelas cintilantes e possíveis planetas distantes.

Tentativa dela

Encara provérbios em busca de atalhos:

Árabe – Infeliz é o homem que não tem unhas para coçar sua cabeça. (Unfortunate is the man who has no fingernails to scratch his head with.)

Grego clássico – Pela unha se conhece o leão.

Popular I – Muita unha e pouca pena depressa se depena.

Popular II – Unha curta demais inflama, longa demais arranha.

Lista de filmes[4]

Amor maldito
Blue scar

Olhares lugares
Chega de Fiu Fiu
Não sou uma bruxa

Os resultados do feminismo
Minha vida, nossa luta

Bom trabalho
Que bom te ver viva

De cierta manera
Filhas do pó
Born in Flames

Kbela
Teko Haxy – ser imperfeita

Julio

O único provérbio que Julio conhecia escutara de sua avó paterna pela primeira vez quando ainda adolescente. Já os tais sonhos, esses começaram inicialmente em noites esporádicas, até o feito parecer criar hábito e assumir por conta própria o papel de fiel companhia notívaga. Sua avó, que não abria mão de uma fezinha diária, sempre lhe perguntava com o que havia sonhado. Assim guiava o bicho. *Hoje é coelho na cabeça. Cavalo e porco na mosca.* Vez sim, vez não, vencia. Já os sonhos de Julio, vez em quando e, não muito depois, vez em sempre, recorriam: *caíram meus dentes*. Ao que sua avó sem hesitação toda santa vez respondia: *perda de dente, morte de parente*. No início, Julio passava dias à espreita da morte que de certo rondava a família, e noites a fio inventando novas formas de amarrar à boca os dentes. Uma vez quase os colou. Outra pediu para colocar aparelho fixo. Parou de mascar chicletes. Tornou-se o único jovem que, justamente por medo, fazia questão de frequentar, com mais assiduidade do que o necessário, um consultório odontológico. No mais, decidiu nunca mais dar ouvidos a outro provérbio.

Sua vocação

solidão.
universal solidão
ancestral.

Joana:
Nunca sinto-me tão sozinha
Quanto quando você
Faz-se distante
Ao meu lado –
Na cama.

Trechos de uma carta encontrada 39 anos depois de escrita

"(...)

Momentos antes do despertar do dia você nasceu. Sob forte emoção e curiosidade dos que te amam, você chegou, (...) entusiasmando a todos. Lágrimas de alegria, sorrisos, vaticínios os mais variados.

Ajustei-me da euforia reinante e pude observar o dia que despontava. Vi o céu límpido onde ainda cintilavam algumas pálidas estrelas que a aurora diluía. Tornei-me cismarento, e pensei em você.

É longa a história da conquista do espaço. Começou com um bebê, desajeitado como você agora, mas que aos poucos vai evoluindo, ganhando força, saber, adquirindo novas técnicas, inventando novos métodos. Já o futuro, prevejo uma era de aventuras (...).

(...) Só sei que seja lá o que fores no futuro, acho que deves cultivar o entusiasmo."

Do avô que te ama,

N.

III

Ela[3] lê,
atenta ao conselho do livro,
e divaga na vigília do "e o que será do agora?",
certa de que o "tudo importa"
no momento "de pouco vale".
E se um "tanto faz" faz mesmo parte
à uma doente de ardor frustrado,
nada melhor do que uma bela taça de vinho.
Rumar como Ariadne a Dioniso,
nem que seja,
por uma mera questão de clínica.

Emilia

Emilia sempre foi contra escrever diários. Nunca entendeu para que dar voz à solidão. É como dar unha às palavras. Só arranhariam para sair.

Joana amava Leminski

Um dia, inspirada nele, escreveu um pequeno poema, o qual em sua homenagem intitulou – "Por um lindésimo de solidão":

tudo em mim
  anda a zero
nada a mil
  tudo ainda assim
no embalo do vazio
  em precipício
tudo batendo fundo
  nada de ei, psiu

tudo em volta minha
  anda a ferro e fogo
como se tudo fosse
  tudo o tempo todo
um não mascarado de sim
  nada ao meu redor
diz ei, que fissura louca
  a não ser sua poesia ao fim

“Obs: Por que aconselhei cultivar o entusiasmo? Veja...
Entusiasmo é como a luz do sol vitalizando os espaços vazios, os frios planetas, o coração dos átomos.

(...)

Entusiasmo é a conquista da felicidade, a palavra que vence todos os desafios, a inspiração que impulsiona a humanidade, o amadurecimento, a lucidez.”

Um beijo.

Fichamento, aula de quarta-feira, dia 15.

Estudos da língua portuguesa para estrangeiros nativos II
Gramática do espaço.

Capítulo 16 – Frases e Orações. Termos essenciais.

1. As orações podem ter *sujeitos*:

Temos um _ _ _ _ _ _ _ problema, _ _ _ _ _.

As raízes das árvores quebraram _ _ _ _ _ _ _ _ _,

_o pátio onde brincavam _ _ crianças,

enquanto E_ _ _ _ _ e J_ _ _ _ iam ao cinema.

_, mansamente, à tarde _ _ _ _,

_ _ _ _ _ _ _ _ _ desapareceu _ _ _ _ _o horizonte.

2. Algumas orações simplesmente não possuem *sujeitos*:

contaram-me

anoitece mais cedo no inverno

fará imenso frio amanhã

abandonado

confirmaram-me

sente-se.

3. Exemplo de uma oração coordenada com supostos predicados nominais:

sinta-se feliz, ainda tem seus amigos.

[1] Neste ponto de sua história Joana sente que é chegado o momento de uma alteração de rota. "Tomar posse de si", é o que repete, como se recitando uma espécie de canto mântrico.

[2] Julio sente-se recorrentemente obsoleto. Ainda que seja, no mínimo, contemporâneo ao próprio pensamento. Pode-se agarrar ao passado ou, fosse outro, poderia pensar-se até à frente de seu tempo, mas nada o ausenta dos incessantes recomeços do presente. É um homem condenado as irresoluções do ser moderno.

[3] Emilia chega enfim cambaleante em terra firme. Firme?

Lembranças daquela sessão

No dia daquele cinema,
logo na entrada, lembra?
tomei um café.
Logo antes de sair de casa também havia tirado uma pestana,
logo depois do almoço
logo não havia possibilidades d'eu cochilar.
– confesso, quase que só pensava nisso,
enquanto você certamente pensava em outras coisas mais estimulantes ao entregar os ingressos ao rapaz –
Durmo muito em filmes
e não queria correr o risco de perder
nenhuma cena daquele nosso encontro.

Tanto esforço fizeram minhas pálpebras.
– confesso, quase que só me lembro disso,
enquanto você certamente se lembra muito mais da película 35mm que levava e do clima no ar –
Para além, marcado em memória, só mesmo
o irritante ruidar,
culpa do combo: pipoca e cinema.
Não que eu o desaprove por princípio,
mas em filmes como esse, em que
o   silêncio   ocupa   quase   todo   o   espaço   ,

mãos vasculhando por milho estourado sequestram o lugar.

Ainda me lembro que até ele em tela pedia: *ouça o silêncio*

Mas foi o
silêncio que veio
depois ,

quando nada mais me disse por semanas a fio,

lembra?,

que

pesou

e me sequestrou

o vazio

.

Uma mulher presa entre conselhos,

confie em si,

desconfie do equilíbrio,

encontre-se sem medo

no meio-fio,

rente a carne,

faz parte,

fique tranquila,
não rompe
a pele, mas
rasga o brio,
faz parte,

sentir medo
ao ver
o corpo
retalhado a cada dia,

depois cerzi-lo sozinha
a cada noite,

faz parte
sentir pena de si
ao colocar-se à prova
sem medida,

sem vergonha,

mas com limites,

está tudo certo
acredite

está tudo bem
ainda que não acredite.

sente-se no fio da navalha.

Para ele tanto faz,

seus dias sucedem
sucedem sempre iguais
como um bonde que não se pega,
como uma banda que só da janela se vê passar.
Um paladino sem saída,
alguns diriam até,
cavaleiro andante
de figura triste,
um lobo solitário.
– Quem dá mais?
Um banguela conformado,
que faceja com afinco
o escárnio do marasmo
e ora emudece com zombaria
o rompante entusiasmo.
Esperando que dia vire noite
para quem saiba volte a sonhar com vaticínios, os mais variados,
pelos quais possa lutar
com unhas
e dentes todos no lugar.

Pois a vocação pela busca é tal que o obriga a buscar por toda parte.
Afinal, um dia lhe asseguraram que o percurso é o que vale, já o destino, tanto faz.

Playlist Dance – modo aleatório 1

– *Hey*
John, I'm only dancing

– If you want me to stay
Lose control

– *Pra que me chamas?*

– Disco Devil
It's automatic
Vem

– *Banho de Folhas*
Dance Yrself Clean
Ponta de Lança

– Eu quero comer você
Say my name
Louca
U don't have to call

– *It's tricky*
Vou recomeçar
Não há dinheiro que pague

– Genius of Love
Love Love Love Love Love
Spooky
Losing you

– *Não me ame tanto*

Numa noite fria,

Emilia bebe para se aquecer e lembra-se de . . .

ana
ana bárbara
Ana C
Ana – você sou eu
poética atravessada
tudo meio canibal
arrancada de um coração que se reconhece
no teu
doce e cleptomaníaco igual.
entre uísque um e dois
sua estratégia me invade,
atinge aqui como um blues
na potência da dúvida
e lembro-me mulher
na tua poesia brutalmente nua
e aliada
para tantas me fazer
em poesia
mulher.

Cromática da tradução

Blue
O tal do blues
Não se preocupe, vai ficar tudo azul.
Essa mesma expressão já foi nome e tema de música popular brasileira. E minha vó sempre a repetir "Tudo azul?"
Sim, tudo bem, meu bem.
Enquanto isso na Inglaterra a depressão a azular. Why so blue?
Ironicamente, a depressão aumenta quanto menos expostos ao céu azul. Somehow, quanto menos azul o céu, mais azul a alma.
Soul também é blues.
Assim como os crepúsculos vespertino e matutino. Só que aí é bleue. L'heure bleue, [6] como nomeia tal hora a língua francesa.
Quando o azul é limite e meio termo ao mesmo tempo.
Livrando-se do destino fatal da eterna felicidade ou infindável tristeza.

Anotações num caderno à tiracolo
(com citações de T.N.)

"Minha juventude já não é". Coisa que passou de repente, muito anunciou, mas, de lá para cá, pouco concretizou.

Adiante sigo, com medo, como quando criança. Engatinho sem jeito. E hoje mesmo começo a envelhecer.

"Rejeito o meio termo". Não sou como a hora azul. O lado escolhi, e é o do blues.

Um laserdisc de blues. Prenúncio de um futuro brilhante que nunca chegou. Nasceu tornando-se obsoleto.

Mas o blues... esse supera todos seus suportes anacrônicos, e continua a soar, estando eu aqui ou não.

Ela,

como toda melancólica
séria, que se preze,
lia poesia.

Quinta-feira, dia 07.

Hoje foi dia de aula. Figuras de sintaxe ou tropos. Anáfora e Anacoluto e Zeugma. Sinédoque foi a que mais fácil assimilei – "consiste no alargamento ou diminuição do sentido". Lembrei que noite passada foi o de sempre. Um Polissíndeto de nós na garganta e dentes. Após tantos anos de enfática repetição, temo que acabem por perder função até em minhas orações. Certo mesmo é de que já não sonho mais. Foi quando tive uma ideia e despertei.

Emilia sempre considerou-se uma menina medrosa.

Ainda criança, inventou-se perfeitamente tímida e pouquíssimo destemida.
Construiu papel tão bem elaborado para si, que ao longo das décadas convenceu-se assim, temerosa e solitária.
Seu sonho era ser inventora, seu pesadelo, astronauta – nada mais assustador do que o desbravar do infinito espaço vazio.
Hoje vive com tantos mais incontáveis medos sorrateiros e palpáveis que sabe-se bem uma mulher de coragem.

Tem também o blue do Jarman

"

O azul transcende a geografia solene dos limites humanos.

No pandemônio da imagem deixe-me apresentar-lhes o azul universal. Azul, uma porta aberta para alma. Uma infinita possibilidade tornando-se tangível . . .

– *O que você procura?*

– O imensurável azul do êxtase.[5]

– *Para ser um astronauta do vazio, abandone o conforto da casa que lhe aprisiona com seguranças.*
Lembre-se: ir e ter não são eternos.
Lute contra o medo que engendra o início, o meio e o fim.
Para o azul, não há fronteiras ou soluções.

"

Simplesmente a carta número 0,

foi a que tirou.
Isso não poderia ser obra do destino. Quem sabe feito randômico do implacável universo.
Uma semana e chegaria o momento de tornar-se A Louca.
Nunca depositou tanta expectativa na cartomancia.
Seria como um re-início, segundo a leitura. Nesse caso, o conselho geralmente é seguir com a espontaneidade infantil da *vida pela frente*.

Mas e se não for bom, o recomeço que está por vir – pensou.
Depois de certa idade não há mais poesia na infelicidade.

Curto diálogo sobre tradução:

– Estudiosos já disseram: um texto tecido ao redor de outro; uma recriação; uma transcriação.
– Ah, tem aquele que disse também: a meta de quem traduz deve ser a transparência, mesmo sabendo-a impossível.
– E as mulheres, o que dizem?
– Não as achei na bibliografia indicada.

Certa vez um trecho da história dela foi cantada por uma banda pop, quando ela mesma não podia contá-la.

Namorada em coma, eu sei,
eu sei, é grave,
é muito grave.

Houve momentos em que eu poderia tê-la assassinado.
Mas, você sabe, eu odiaria que alguma coisa acontecesse a ela.

Não, não quero vê-la.

Você realmente acha que ela sobreviverá?

My baby... goodbye...

Houve momentos em que eu poderia tê-la estrangulado.
Mas, você sabe...

Por favor, deixe-me vê-la.

Deixe-me sussurrar-lhe meu último goodbye.

Eu sei, é grave.

———

Ela escuta o seu sussurro e pensa que para ele talvez o amor seja devoto do medo.

Fichamento, aula de sexta-feira, dia 17.

Estudos da língua portuguesa para estrangeiros nativos II
Gramática do esquecimento.

Capítulo 17 – Entre os integrantes das orações, pode haver um agente da passiva:

– Você o encontrou no cinema?
– Quem te disse isso?
– Vou te pedir um grande favor.
Entregue-lhe esse bilhete.
E seja gentil com ele.

Eu o vi chateado na praia.
E nada fiz.

Outra mulher recebe outro conselho.

Fake it that you love yourself
Fake it that you are self-sufficient
Fake it that you are amazing as fuck
Escreva isso em voz alta,
Fake it and one day you might acreditar
Finja o orgasmo sempre,
que quiser.
Seja puta sim
daquelas que dizem:
– aqui, assim, não –
maravilhosa . (ponto)
E fuck, sozinha, muito
por uma noite inteira
durante quantas desejar
fazendo-se de quantas desejar.

Todo fingimento é também alegoria de uma realidade, como todas, imaginada.

Playlist Dance – modo aleatório 2

– Pra que me chamas?

– *Say my name*
If you want me to stay
Ponta de Lança

– Hey
Não me ame tanto

– *It's automatic*
Love Love Love Love Love

– U don't have to call
Vou recomeçar

– *Eu quero comer você*
Vem
Lose Control

– Disco Devil

– *John, I'm only dancing*
Louca
Não há dinheiro que pague

– Dance Yrself Clean

– *It's tricky*
Losing you
Genius of love

– Banho de Folhas

– *Spooky*

Fichamento, aula de sexta-feira, dia 26.

Estudos da língua portuguesa para estrangeiros nativos I
Gramática do sonho.

Capítulo 16 – *sujeitos* e seus núcleos ou elementos fundamentais?

Existem vários tipos de *sujeitos*:

– simples – tem um só núcleo. Diz-se simples o sujeito quando nossas orações referem-se só a ele.

Exemplo: Eu te amo.

– composto – tem mais de um núcleo. Não confundir com a noção de composição. Pode prescindir de compor com outro sujeito simples.

Exemplo: Emilia e Julio não se falam mais.

– oculto ou elíptico – quando não se faz explicitamente presente nas orações, mas pode ser facilmente identificado por antecedentes ou terceiros.

Exemplo: Foram ao cinema.

– indeterminado – atenção, aqui o sujeito existe, mesmo que ainda não possa ser identificado. Esse tipo de sujeito aparece quando não apresenta antecedentes que o localizem nas orações anteriores, mas pode significar o surgimento de uma nova oração.

A ilusão da linguagem

Leu que aquele que desenvolveu o que ficou conhecida como a *filosofia do processo* ou *do organismo* já tratou da falácia do dicionário perfeito.
Cada palavra, em qualquer que seja a língua, dizem, nasce em si originalmente metáfora.
Para ela cada palavra dita é tradução, com todos os seus vícios e imperfeições, de uma língua materna ainda estrangeira.
Vai lá e desenvolve o próprio dicionário.

Exercício I – Capítulo 16

Gramática do gênero

Quem são os *sujeitos* das orações?
Relacione corretamente as colunas conforme sua própria compreensão:

(a) Não sei o que houve	Emilia
(b) Ele partiu sem avisar	sujeito indeterminado
(c) Também, agiu que nem uma louca	Joana
(d) Há algo de estranho no ar	sujeito oculto

Exercício III – Capítulo 19 – leitura e interpretação

Quais os possíveis sentidos para a frase abaixo?

"Vi você no acidente em frente à estação."
E nada mais.

[5] *bliss,* em tradução emprestada de Ana Cristina Cesar. Vide trechos da nota 1 de 80 da poeta para sua tradução do conto *Bliss* de Katherine Mansfield*:* "Não existe equivalente para bliss, em português. Nos dicionários há palavras com sentido aproximado: felicidade, alegria, satisfação, contentamento, bem-aventurança etc. Decidi usar a palavra êxtase, porque ela exprime uma emoção que, ou ultrapassa a palavra felicidade – ou é mais forte do que ela. Creio que é importante estabelecer a diferença entre êxtase e felicidade. (...) Poder-se-ia dizer que o êxtase é, basicamente, uma emoção imaginária cheia de força e do poder próprios do imaginário.(...) É uma palavra forte, proparoxítona de boa cepa, tem uma aguçada tonalidade religiosa e não pode ser confundida com just plain happiness (felicidade)."

J sempre imaginou sua vida como um conto inefável,

capaz de traduzir em palavras seu íntimo estreito de Bering, onde supostos opostos encontram-se a poucos passos, separados apenas por uma ilusória cortina moral.

O conto poderia iniciar assim: "vejam como é simples", de forma a agradar tanto a Deus quanto ao Diabo. Tanto faz. Mas, como sugere o contista, deveria resistir a uma só tentação, a do sentido.

Já ela leu uma vez num romance:

" – Não é necessário ter razões para ter medo."
R.G.

E nunca mais se esqueceu disso, porque de fato quase sempre se sentia desta forma, com medo sem ancoragem na razão.

Ter medo para ela era uma questão de coragem.

Dicionário enciclopédico, p.56.

Poensitude. *Substantivo feminino.* 1. *a poética da quietude partilhada.* 2. *Capacidade de escuta através de um sistema de relações, entre partes interconectáveis de uma rede.* 3. *"Foi naquele momento de poensitude que nos encontramos."*

(possibilidades de respostas ao exercício 1: sol, aos, poucos. Emilia, caía, n, as, na, a, calçada. e Joana, no, Julio. Difícil.)

Anotações num outro caderno à tiracolo

Peguei-me pensando na Catacrese, culpa da aula de figuras de linguagens. E da Spivak, que lhe correlaciona a tradução.

Utilizada para se referir a algo que ainda não tem nome na língua, para tal, pega-se de empréstimo outro termo e seu sentido.

É como encontro-me contigo, procurando, em outros, sentidos que se apliquem a nós. Faltam-me novas palavras, tampouco possuo o dom da analogia, assim permanecemos enredados em nosso pleonasmo vicioso.

Transcrição de parte de uma conversa

– Não podemos esquecer que fazemos parte de uma rede desordenada de acasos. Os encaixes não se dão porque fomos programados para tal, mas por conta do equilíbrio instável de todas as coisas. Os encontros carregam apenas a ilusão do controle.
Como agora, percebe?

[6] Apesar de blue derivar, em parte – dizem certas fontes –, do francês antigo bleu, algo parece ter se perdido entre o lusco-fusco francês e o da ilha do norte. Fazendo com que a língua germânica ocidental excluísse o azul da alcunha de tal hora, oferecendo-a em sacrifício o nome de the magic hour. E, ao assim denominá-la, ironicamente, parece extirpá-la de toda a sua magia.

Fichamento, aula de quarta-feira, dia 24.

Estudos da língua portuguesa para estrangeiros nativos II
Gramática do sono.

Capítulo 20 – as orações podem ser subordinadas a outras substâncias

que ela zombava de mim, eu sabia,
mas isso não me doía.
O sujeito das minhas orações era outro,
e já não me mantinha em constante vigília.

Emilia esforça-se para parecer sem esforço.

E você?
Também fantasia
que se acidenta?
Um acidente tenebroso,
violento,
que vai mudar à força
o curso do teu esforço?

[4] "Aliás, o perigo de compor uma lista é que as omissões sobressaem e as pessoas nos tomam por insensível."
J.L.B.

Julio era fascinado por expressões idiomáticas,

fez até um pequeno poema só deles traduzido para a própria língua estrangeira.

Quando o universo te destaca
como um peixe fora d'água
e a vida parece lhe jogar de volta à casa de número um;
quando sentir-se como um pau para toda obra,
mas mestre de nenhuma,
constantemente segurando a ponta curta do bastão
e latindo para a árvore errada:
lembre-se, a hora mais escura é logo antes da aurora.
Não deixe que os bastardos te esmaguem.
Não jogue o bebê fora junto com a água do banho.
Não mire aqueles que ama com um olho cego.
O jogo está em andamento,
o diabo, nos detalhes,
e a procrastinação é ladra do tempo.
Carregue seu coração na manga,
segure-se pela pele de seus dentes
e tenha fé em si,
pois a caneta é mais poderosa do que a espada.
Então, uma vez a cada lua azul
permita-se sentir tão confortável quanto um inseto num tapete
e escreva um verso ou dois.
Deixe de tolice,
a prova do pudim está no comer.

acaso e ocaso

Dizem que já existiu uma única ocorrência na história de uma lua de coloração verdadeiramente azul, quando da brutal erupção do vulcão Krakatoa, em 1883. Nesta ocasião as cinzas refrataram a luz, dispersando a vermelha e deixando filtrar às nossas retinas, em grande parte, a azul.

Ainda, na internet: "Durante a 'hora' azul, a luz vermelha passa diretamente para o espaço enquanto a luz azul é espalhada na atmosfera, atingindo, portanto, a superfície da Terra."

Até que certa música na rádio toca. Seu próprio fenômeno entóptico do campo azul. Pequenos e rápidos pontos de medo surgem na pior hora.

"Vivendo para o sonho de esperar alguém que ponha fim ao meu tormento.
Ai, a solidão vai acabar comigo."

Outras lembranças daquela sessão

A hora é a do lobo – segundo o filme que assistimos, assim a chamavam os antigos, sem sabermos quais.
Ouço o silêncio.
Ele dizia assim: *Houve um tempo em que as noites eram para dormir e acordar sem medo.*
Mas anda difícil desligar daquela sessão.
Esta é a pior hora. A mais escura, logo antes da aurora.
Ele dizia mais: *Quando a maioria das pessoas morrem e nascem.*
Foi quando eu nasci, sabia?
Bem na hora em que os pesadelos invadem as pessoas fazendo com que acordem assustadas, como se lançadas sem ancoragem no espaço sideral.

Exercício II – Leitura e interpretação

Relacione corretamente as colunas conforme sua própria compreensão:

	come tudo
Ela	come pouco
	come pelas beiradas
	lê de tudo
Ela	lê aos poucos
	lê pelas margens
	ama com o todo
Ele	ama por pouco
	ama pelas tabelas

Para ela	tudo importa
Para ele	tanto faz
Para ela	de pouco vale

Estão por um triz.

Quinta-feira, dia 15.

Hoje terminei o livro. Tem vezes que realmente acertamos. Li uma vez que quando um livro acerta de leitor, as palavras saltam à vida. Logo em seguida, vencida razoável preguiça, encarei a tarefa de descascar um abacaxi que perigava estragar. Diante da incerteza do ponto, como o da primeira página de um livro, outra dose de vida. Tive que me conter para não devorá-lo por inteiro como quando na companhia da minha avó. Nisso éramos iguais, não tínhamos controle para comer nossas frutas preferidas com a calma que exigem os que saboreiam a cada mordida, nem com a parcimônia necessária para evitar o consequente mal-estar dos excessos. Eu abacaxi, ela jabuticaba. Mais de uma vez comi um inteiro sob seu tolerante olhar. E ela, todas as que conseguia pegar do pé, dependurada nele, sob a minha cativa admiração infantil. Para conter a gana, aplaquei o paladar com outra fruta, como se querendo mudar o assunto das papilas. Mas já havia sido devorada pelas memórias vivas do velho sitio onde habitava a tal jabuticabeira. 1987, por aí. Brinquei de me imaginar tendo crescido para ser outra pessoa escrevendo um diário.

Um recado que chega por um livro é ainda assim um recado pessoal?

Leu certa vez que Chuang-Tzu demorou dez anos para desenhar um caranguejo, o mais perfeito caranguejo já visto. Ainda assim o filósofo chinês não se atreveu a mostrá-lo ao rei que o havia encomendado e para o qual já lhe havia pago. Ousava colocar-se à mercê da potencial fúria implacável de um monarca desatendido, mas não a dar a obra por concluída. A não ser quando no inevitável leito de sua própria morte.

"De quem depende decidir que uma história está terminada?" R.P.

Um duelo

Uma mulher toma posse de si e muitas vezes quando assim se encontra, em posse de si mesma, como numa armadilha imprevista, sente-se mais só.

Desvio para o azul

A hora é a da loba.

A insônia não lhe é costumeira, mas once in a blue moon....
Emilia não consegue dormir,

pesquisa:

Ao contrário do que muitos intuem, a expressão *Uma vez a cada lua azul* não possui relação alguma com o que hoje entendemos como sendo na astronomia popular uma *lua azul*. Por sinal, a expressão idiomática, mais antiga do que a astronômica em cerca de 400 anos, remetia originalmente a ideia de nunca, já que a existência de uma lua de fato azul seria uma impossibilidade.

Já hoje, com o movimento vivo próprio da linguagem, aproximaram-se a tal ponto de emblemarem o mesmo, algo do universo possível, ainda que infrequente.

Quanto a astronomia, existem dois significados possíveis. Um sendo o mal-entendido do outro. Como num telefone sem fio em que sentidos se ampliam ao passo que se perdem.

Seguem assim:
– Lua azul é o nome atribuído a terceira de quatro luas cheias a ocorrer em uma mesma estação do ano. Fenômeno este que acontece aproximadamente a cada 2.5 anos, de acordo com as fontes consultadas.
– O segundo significado deriva do primeiro como um engano de leitura que, mesmo frente a seu desvio, é aceito como verdade. Seria a segunda lua cheia a ocorrer em um mesmo mês. Fenômeno que, por conta das sobras que derivam da medição humana do tempo, também tende a recorrer a cada dois anos e meio.

Seria o azul nosso válido engano?

Coroa vazia

Tudo começou, como deve começar, com muito brilhinho nos olhos e o amor como uma cortina cintilante a flutuar.
Sem que notasse, amor virou angústia, e ela, a habitante solitária de um universo paralelo. Daqueles invisíveis a olho nu.
Em pouco tempo já era uma rodada, logo puta, ainda que da boca de quem voz breve fez-se punho, a figura de linguagem fosse rainha.
"Lesa-majestade". No corpo, o selo real marcado.
Já da casa pra fora, tudo muito cavalheiroso, nobre mesmo, honroso.
E assim as vigílias tornaram-se infindas.
Até que numa delas, abriu a cortina a tempo de testemunhar o despontar do dia.
Testemunhou também o cintilar das resistentes estrelas que a aurora ainda não diluíra.
Lembrou-se da história da conquista do espaço, aquela repleta de medo e coragem.
Deixou-se aquecer pelo sol nascente que vitalizou seus vazios e distantes planetas frios – o tal entusiasmo que vence os desafios, capaz de ajudá-la a renunciar a coroa tão pesada e tão vazia.

Em Conceição Evaristo, as palavras-travessia

Ela leu uma das maiores e mirou-se no espelho de suas águas, das rasas às profundas. Enxergou-se através do tempo, guiada pelas vivas palavras da poeta: "foi daquele tempo meu amalgamado ao dela que me nasceu a sensação de que cada mulher comporta em si a calma e o desespero."
Foi lá e recolheu o seu amor, e o de outras, e de outras mais ancestrais, e de todas que já a atravessaram e a atravessam ainda.

Anotações da aula de sexta-feira, dia 26.

Gramática do gênero

Quem são os *sujeitos* das orações?

"pronomes indefinidos definem perguntas, não os *sujeitos* das ações."
(verificar se foi isso mesmo que a poeta escreveu, não deu tempo de anotar corretamente)

Diz a regra:

Sujeito – Pessoa indeterminada, de quem apenas não se sabe nada. É "o" termo essencial da oração.

Sujeita – Aquela que não se nomeia. Em outras palavras, mulher ordinária, ou o que quer que o valha. "O" termo pejorativo da oração.

A norma que assujeita é quase sempre a culta.

Uma partida

– Por que se calou?
– Porque as pessoas fazem silêncio antes de responder.
– Mas e aí?
– Não sei.
– O que me diz?
– Já disse.
– O que me disse?
– O que ouviu.
– Não ouvi.
– O que me disse?
– Nada.
– Por que se calou?
– Estou oscilante.
– Mas e aí?
– Não dá.
– Não mais?
– Uma pena.
– Nada mais?
– Exatamente.
– Por que se foi?
– Tenho pressa.
– Pressa?

– De partir.
– De me partir.
– De partir daqui.
– Da partida.
– Já parti.
– Tenho medo...
– Já me parti...
– sempre.
– para nunca mais.
– Fica.
– Chega.
– Ainda não.
– Não mais.
– Não,...
– ...
– não faça assim,
– ...
– como gato, que dá unhada e esconde a unha.
– ...
– ...

Dicionário enciclopédico, p.09.

Aritmética do entusiasmo – Da *filosofia do ritmo.* Teoria que afirma o encontro da velocidade natural de cada experiência, o ritmo inteiro e quebrado entre compassos que somam, não em uníssono, mas sincopados, resultando em inéditos, velhos agrados.

Partes grifadas de um artigo

A autora sugere:

<u>Cultura</u>

<u>Catacrese</u>

<u>Reparação</u>

– algumas das possibilidades da linguagem enquanto tradução.

"a tradução fundadora entre as pessoas é um ouvir atentamente, com afeto e paciência, a partir da normalidade do outro, o suficiente para perceber que o outro, silenciosamente, já fez esse esforço." G.C.S.

Presença da ausência

Ela me perguntou, mas já não sei mais dizer se palavra entre nós era "antídoto ou veneno". Se nem mesmo a poeta sabia.
Penso que, como tudo e como sempre, dependia do som ao redor.
Só sei – disse em resposta – que a presença da ausência é um bioma de paradoxal barulho e silêncio, como uma floresta tropical.

Observações

É fascinante contemplar esse cruzamento. Pessoas diferentes, muito diferentes entre si, deslocando-se das mais variadas maneiras, outras paradas, falando, escutando, observando. Uma profusão de formas de vida objetivando as mais variadas funções. No meio disso máquinas incorporadas à vida como se fossem parte natural da paisagem – carros, motos, engenhocas maiores, menores, telefones, britadeiras, bicicletas elétricas. E animais, alguns domésticos, outros tantos repugnados pelos humanos, rastejando, voando, passeando, farejando. "Os mais diferentes insetos voando de um lado para o outro. Os vermes deslocando-se pelos esgotos, por vezes aparentes." Esses observo mesmo sem ver. Como Darwin.

Curioso pensar como essas formas, construídas de maneiras tão elaboradas e tão diferentes entre si e dependentes umas das outras, por vias tão complexas, foram produzidas de acordo com princípios tão simples como o dos acasos.

Como aquela colisão que acaba de se dar, bem no semáforo, entre um corpo humano e um metálico. Não dá para saber no que uma coisa vai se transformar.

Vejam como é simples,

começa de repente. Quase nunca como imaginamos. Às vezes, quase sim. É sempre aqui que a coisa acontece. Um dia fugiu. Um dia nasceu. Um dia amou. Um dia sofreu. Um dia morreu. Um dia escreveu. Um dia correu. Um dia mentiu. Um dia um susto. Um dia lembrou. Um dia muitas coisas. Muitos dias coisa nenhuma. Um dia o medo. Um dia até dançou. Um dia ela. Um dia ele. Um dia elas. Quase todo dia só. Um dia... [complete todo dia]

Naquele mesmo dia

10
9
8
7 verde
6 ela acelera
5
4 levemente entusiasmada
3 pensa
2 que para ela bastam
1 não mais que 10 segundos de puro instinto
para atravessar um cruzamento desconhecido.
Mesmo com medo,
imagina:
como seria se ela fosse, assim, mais ousada?
Corre, sorri,
de repente uma buzina,
seus olhos gritam, seu rumo desvia.

Para outras experiências de leitura, leitoras e leitores podem acessar o site abaixo. Você coloca o número de páginas e o site gera uma sequência aleatória, assim é possível ler o texto organizado pelo acaso diversas vezes, de modo diferente.

Home Games Numbers Lists & More Drawings Web Tools Statistics Testimonials Learn More Login

RANDOM.ORG

Search RANDOM.ORG [Search]

True Random Number Service

Random Sequence Generator

This form allows you to generate randomized sequences of integers. The randomness comes from atmospheric noise, which for many purposes is better than the pseudo-random number algorithms typically used in computer programs.

Part 1: Sequence Boundaries

Smallest value [1] (limit -1,000,000,000)

Largest value [84] (limit +1,000,000,000)

Format in [1] column(s)

The length of the sequence (the largest minus the smallest value plus 1) can be no greater than 10,000.

Part 2: Go!

Be patient! It may take a little while to generate your sequence...

[Get Sequence] [Reset Form] [Switch to Advanced Mode]

Note: A randomized sequence does not contain duplicates (the numbers are like raffle tickets drawn from a hat). There is also the Integer Generator which generates the numbers independently of each other (like rolls of a die) and where each number can occur more than once.

© 1998-2021 RANDOM.ORG
Follow us: Twitter | Facebook
Terms and Conditions
About Us

[01] [02] [03] [04] [05] [06] [07] [08] [09] [10] [11] [12] [13] [14] [15] [16] [17] [18] [19] [20] [21] [22] [23] [24] [25] [26] [27] [28] [29] [30] [31] [32] [33] [34] [35] [36] [37] [38] [39] [40] [41] [42] [43] [44] [45] [46] [47] [48] [49] [50] [51] [52] [53] [54] [55] [56] [57] [58] [59] [60] [61] [62] [63] [64] [65] [66] [67] [68] [69] [70] [71] [72] [73] [74] [75] [76] [77] [78] [79] [80] [81] [82] [83] [84]

ÍNDICE DE FURTOS

COREOGRAFIAS

Merce Cunningham, *Como passar, chutar, cair e correr*
Pina Bausch, *Cravos*

FILMES

Adélia Sampaio, *Amor maldito*
Agnès Varda, *Olhares lugares*
Alice Guy, *Os resultados do feminismo*
Claire Denis, *Bom trabalho*
Derek Jarman, *Blue*
Fernanda Frazão e Amanda Kamanchek Lemos, *Chega de Fiu Fiu*
Igmar Bergman, *A hora do lobo*
Julie Dash, *Filhas do pó*
Jill Craigie, *Blue Scar*
Lizzie Borden, *Born in Flames*
Lúcia Murat, *Que bom te ver viva*
Patrícia Ferreira e Sophia Pinheiro, *Teko Haxy – ser imperfeita*
Rungano Nyoni, *Não sou uma bruxa*
Sara Gómez, *De cierta manera*
Suzana Amaral, *Minha vida, nossa luta*
Yasmin Thayná, *Kbela*

MÚSICAS

Alice Caymmi, *Louca*
David Bowie, *John, I'm only dancing*
Destiny's Child, *Say my name*
Dolores Duran, *Solidão*
Dusty Springfield, *Spooky*

Elza Soares, *Eu quero comer você*
Erykah Badu, *U Don't Have to Call*
Freestyle, *It's Automatic*
Gal Costa, *Vou recomeçar*
Jaloo, *Vem*
Karina Buhr, *Não me ame tanto*
Lee 'Scratch' Perry, *Disco Devil*
Luedji Luna, *Banho de folhas*
LCD Soundsystem, *Dance Yrself Clean*
Metá Metá, *Papel Sulfite*
Missy Elliot, *Lose Control*
Pixies, *Hey*
Rincon Sapiência, *Ponta de lança*
Roberto Carlos, *Não há dinheiro que pague*
Run-D.M.C., *It's Tricky*
Sly & The Family Stone, *If You Want Me to Stay*
Solange, *Losing You*
The Smiths, *Girlfriend in a Coma*
Tom Tom Club, *Genius of Love*
Violent Femmes, *Love Love Love Love Love*
Xênia França, *Pra que me chamas?*

TEXTOS
Ana Cristina Cesar, *Crítica e Tradução*
Ana Cristina Cesar, *Poética*
Angelica de Freitas, *O útero é do tamanho de um punho*
Antonin Artaud, *Carta para Jacques Riviere 25/05/1924*
Alejandro Zambra, *Bonsai, na tradução de Josely Vianna Baptista*
Alejandro Zambra, *Formas de voltar para Casa, na tradução de José Geraldo Couto*
Antonino Comparato, *Carta de 15 de abril de 1980*

Bertolt Brecht, *Histórias do sr. keuner, na tradução de Paulo César de Souza*

Charles Darwin, *A Origem das Espécies, através da leitura de Leda Cartum e Sofia Nestrovski no podcast Vinte Mil Léguas*

Conceição Evaristo, *Poemas da recordação e outros movimentos*

Douglas Tufano, *Gramática*

Gayatri Chakravorty Spivak, *Tradução como cultura, na tradução de Eliana Ávila e Liane Schneider*

Gonçalo Tavares, *Atlas do corpo e da imaginação*

Gilles Deleuze, *Crítica e clínica, na tradução de Peter Pál Pelbart*

Hilda Hilst, *Fluxo-Floema*

Jorge Luis Borges, *Esse ofício do verso, na tradução de José Marcos Macedo*

Jorge Luis Borges, *Ficções, na tradução de Davi Arrigucci Jr.*

L. P. Hartley, *The Go-Between*

Marilia Garcia, *Um teste de resistores*

Maya Angelou, *Poesia completa, na tradução de Lubi Prates*

Marcelino Freire, *Bagageiro*

Mario Bellatin, *em entrevista à Hugo Viana para Vacatussa, 20/06/16*

Paulo Leminski, *Distraídos venceremos*

Patti Smith, *Devoção, na tradução de Caetano W. Galindo*

Ricardo Piglia, *Formas breves, na tradução de José Marcos de Macedo*

Romain Gary, *A vida pela frente, na tradução de André Telles*

Ryane Leão, *Tudo nela brilha e queima*

Samuel Beckett, *O despovoador, na tradução de Eloísa Araújo Ribeiro*

Sergio Sant'Anna, *O vôo da madrugada*

Torquato Neto, *Lembrança do tempo que não houve*

Valeria Luiselli, *A história dos meus dentes, na tradução de Paulima Wacht e Ari Roitman*

Valter Hugo Mãe, *Contos de cães e maus lobos*

Willian Shakespeare, *Ricardo II*

AGRADEÇO

Aquelas e aqueles que escreveram as palavras por mim citadas em furtos de admiração, incluindo meu avô.

A Adriana Maciel pelas precisas e preciosas sugestões e edições.

A Lia Duarte Mota, Raïssa de Góes e, de novo, Adriana pela generosa oferta de novos instrumentos para navegar a escrita e de grandes doses de incentivo, liberdade e coragem.

A Ney Valle pelo lindo e sensível projeto gráfico.

Às companheiras, aos companheiros e demais professores do (per)curso Escritas Performáticas.

A Doc Comparato, Cecilia Castro, Bianca Comparato, Lorena Comparato e Leila Mendes – antes de tudo, vocês. Sem vocês, nada. Muito obrigada é pouco.

A vovó Lourdes por deixar ecoar: vai ficar tudo azul.

EDIÇÃO
Adriana Maciel

PRODUÇÃO EDITORIAL
Marina Lima

REVISÃO
Laryssa Fazolo

PROJETO GRÁFICO
Dupla Design

DADOS INTERNACIONAIS DE CATALOGAÇÃO
NA PUBLICAÇÃO (CIP) DE ACORDO COM ISBD

C737b

Buquê de unhas e dentes / Fabiana Comparato. -
Rio de Janeiro: Numa Editora, 2021.

184 p. ; 18cm x 18cm.

ISBN: 978-65-87249-46-9

1. Literatura brasileira. 2. Narrativa ficcional. I. Título.
CDD 869.8992
CDU 821.134.3(81)

2021-4011

Elaborado por Odilio Hilario Moreira Junior -
CRB-8/9949

EDITORA

contato@numaeditora.com
@numaeditora
numaeditora.com

Este livro foi composto em Igual e impresso em
papel off-set alta alvura 120g.

ANONIMO
ELE
JOANA
EMILIA
ELA
JULIO